B'Z
LE SENNE
0325

LES BERGERS DE MARLY.

LES BERGERS DE MARLY.

Si canimus Sylvas, Sylvæ sint consulè dignæ...
VIRG.

A PARIS,

Chez LOUIS JORRY, Imprimeur-Libraire, rue de la Huchette, près du petit Châtelet.

M. DCC. LXXIV.

LES BERGERS

DE

MARLY,

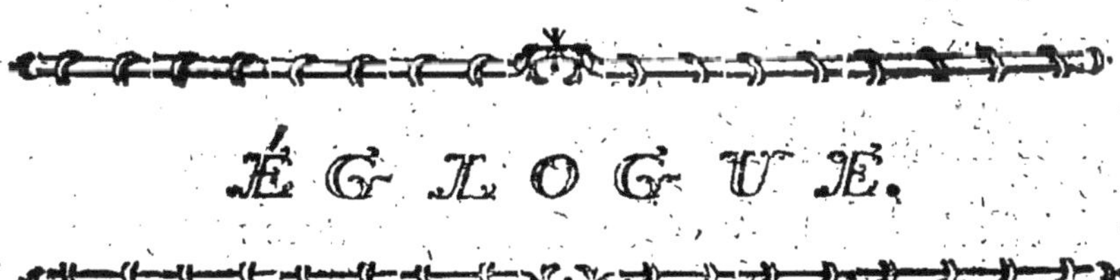

ÉGLOGUE.

LUBIN ET DAMON.

LUBIN.

DE branches de Cyprès couronnons nos houletes;
Oublions nos concerts, & nos jeux & nos fêtes:
Ils sont passés ces temps, où libres de chagrins,
On nous voyoit couler des jours purs & sereins,
Non loin de nos Hameaux, l'inexorable Parque

A iij

Vient de mettre au tombeau notre illustre Monarque.

Que tout-respire ici le silence & le deuil;

Louis est renfermé dans un triste cercueil.

Il n'est plus ce bon Roi, ce Roi plein de clémence;

Cet aimable mortel qu'idolâtroit la France;

Nos prieres, nos vœux, mille fois répétés,

Berger, n'ont point fléchi les destins irrités.

O jour! funeste jour! marqué par tant d'alarmes!

Peut-on te rappeller sans répandre des larmes?

Pensif, morne, incertain, je me traîne en ces bois,

Et déjà de douleur j'ai brisé mon hautbois.

Les fleurs sont sans éclat, les arbres sans verdure;

L'effroi s'est emparé de toute la nature;

Mes moutons abattus périssent de langueur;

L'hiver même l'hiver n'a pas tant de rigueur.

Les Bergers d'alentour détestent la lumiere,

Et craignent de quitter leur obscure chaumiere.

Depuis que le trépas nous a ravi Louis,

De nos champs les plaisirs se sont évanouis.

DAMON.

Ne crois pas m'étonner par ton triste langage,

De tes regrets Louis mérite bien l'hommage :
Il fut un pere tendre, un ami généreux ;
Sous son juste pouvoir le peuple étoit heureux :
Ses rares qualités, ses exploits & sa gloire
Occuperont long-temps les Filles de Mémoire :
Au dernier siecle encor l'Europe s'écriera :
Il aima le Français, le Français l'adora.
Le Ciel, en nous privant d'une tête aussi chere,
N'a pas voulu sur nous épuiser sa colere.
Pour ranimer nos cœurs, nos esprits abattus,
Du Pere dans le Fils il nous rend les vertus,
A la fleur de ses ans, l'héritier de son Trône
Soutient avec éclat le Sceptre & la Couronne,
Sa sagesse, ses mœurs, son esprit, son grand art,
Sous les traits de l'enfance, offrent un Roi vieillard,
Rejeton précieux d'une race divine,
Louis ne dément pas sa brillante origine.
Sans tarir tout-à-fait la source de tes pleurs,
Suspends pour un moment tes mortelles douleurs ;
Avec tout le Hameau partage l'espérance
Dont les Dieux désarmés favorisent la France.
Le Prince bienfaisant qui gouverne aujourd'hui,

Lubin, fera toujours ton pere, ton appui;

Il ne souffrira point que le puissant t'opprime ,

Que l'or de tes moissons enrichisse le crime;

Il chérira nos soins, nos sueurs, nos travaux,

Portera l'abondance au sein de nos hameaux:

Toujours fidele aux loix de la simple nature,

Louis protégera l'utile Agriculture.

Par ses sages Édits le vice foudroyé

Cachera loin de nous son front humilié ;

Et le luxe odieux , rentrant dans la poussiere,

Au Laboureur rendra sa majesté premiere.

Je le dirai sans cesse à nos prés, à nos bois,

Louis est à vingt ans le modele des Rois.

L U B I N.

L'espoir le plus flatteur se répand dans mon ame ;

Pour ce jeune Héros je me sens tout de flamme;

Je vais à son honneur chanter des airs si doux,

Que nos pâles Bergers en paroîtront jaloux!

De son regne déjà la gloire sans seconde

Le fait nommer par-tout les délices du monde:

C'est Titus, c'est Trajan, ou plutôt c'est Henri,

Bienfaiteur à jamais de la France chéri.

Dans ſes vaſtes deſſeins, le prenant pour modele,

Il retrace à nos yeux ſon image fidele.

Diſparoiſſez, tyrans, & vous lâches vainqueurs !

Louis ſeul a des droits ſur nos vœux & nos cœurs.

Que cent Peuples ligués lui déclarent la guerre,

Il ne redoute point les coups de leur tonnerre :

Louis à l'ennemi marchéra glorieux :

L'amour fait des Soldats toujours victorieux.

Séjour de ma naiſſance, ô rives fortunées !

Hâtez-vous de bénir vos belles deſtinées !

Le Prince & le Sujet, unis par leur bonheur,

Goûtent de l'âge d'or la paix & la douceur ;

Tout charme, tout ravit dans nos heureux bocages ;

Un printemps éternel couronne leurs feuillages :

Sur des lits de gazons, les Bergers ſatisfaits,

De l'immortel Louis racontent les bienfaits ;

Les oiſeaux s'uniſſant à leur vive alégreſſe

Semblent par leurs concerts exprimer leur ivreſſe.

Le chêne abaiſſera ſon front audacieux ;

Le timide arbriſſeau montera dans les Cieux,

Et l'écho réveillé gardera le ſilence,

Avant que des Français s'éclipfe la puiffance.

Je le dirai fans ceffe à nos prés, à nos bois :

Louis eft à vingt ans le modele des Rois.

D A M O N.

Que j'aime tes tranfports, que j'aime ton délire !

Il femble que le Ciel & te touche & t'infpire ;

Tel qu'en fes actions le Prince s'eft montré

Tel, aimable Lubin, tes vers l'ont célébré,

Je l'ai vu ce Héros, & toujours ma mémoire

De cet événement confervera l'hiftoire.

Digne fils des Bourbons, qu'il eft grand ! qu'il eft doux !

On croiroit que Saturne habite parmi nous.

Comme une foule immenfe autour de lui s'empreffe !

Comme fur fes enfants il verfe fa tendreffe !

Senfible à notre ardeur, fenfible à nos befoins,

Notre foulagement fait fes uniques foins,

Autant l'herbe fe plaît aux bords de nos fontaines ;

Autant l'orme chérit nos vallons & nos plaines ;

Autant la mouche à miel aime le romarin,

Autant & plus encor j'aime mon Souverain.

Oui, je veux qu'un autel dreffé fous ce feuillage,

Pour ce Dieu tutélaire attefte mon hommage ;

Je le dirai fans ceffe à nos prés, à nos bois :

Louis eft à vingt ans le modele des Rois.

L U B I N.

Tu l'as donc vu, Berger ? ton bonheur eft extrême !

D A M O N.

Avant la fin du jour tu le verras toi-même ,

Dès que l'aftre brûlant a rallenti fes traits,

Sans fafte, fans orgueil il parcourt les forêts,

Approche, & ne crains point l'éclat de fa Couronne ;

De fes heureux Sujets l'amour feul l'environne.

Une Reine adorable, & des Princes chéris

Viendront au même inftant frapper tes yeux ravis.

Contemple cette race, en demi-Dieux féconde,

Elle fait le bonheur & la gloire du monde ;

Contente tes defirs ; vois l'Époufe & l'Époux

L'un à l'autre enchaînés par les nœuds les plus doux :

S'il eft fous le Soleil des cœurs auffi fideles,

Ils font, Lubin, ils font parmi les tourterelles.

Je le dirai fans ceffe à nos prés, à nos bois :

Louis eft à vingt ans le modele des Rois.

L U B I N.

Mon cœur, je l'avouerai, brûle d'impatience ;
Il me tarde de voir leur augufte préfence :
Le feu que fent Cloris pour un Berger aimé,
Négale point l'ardeur dont je fuis confumé.
Quand j'aurai vu le Dieu que touchent nos miferes,
J'irai rejoindre en paix les cendres de mes peres.
Accourez fur mes pas, Bergers de ces hameaux,
Raffemblez-vous ici, prenez vos chalumeaux ;
Chantez dans vos tranfports ce bon Roi, ce bon Maître,
Que pour notre bonheur le deftin a fait naître,
Et redites fans ceffe à nos prés, à nos bois :
Louis eft à vingt ans le modele des Rois.

F I N.

Lu & approuvé, à Paris, le 29 Juin 1774, MARIN.

Vu l'Approbation, permis d'imprimer, le 30 Juin 1774 ;

DE SARTINE.